BLU e BERTA

Copyright da edição brasileira © 2018 Carochinha

Título original: *Blue & Bertie*
Copyright do texto e das ilustrações © 2016 Kristyna Litten

Publicado mediante acordo com a Simon & Schuster UK Ltd. — 1st floor, 222 GRay's Inn Road, Londres, WC1X 8HB. Uma empresa do grupo CBS.

Todos os direitos reservados. Nenhuma parte desta obra pode ser reproduzida, arquivada ou transmitida, de nenhuma forma ou por nenhum meio, sem a permissão expressa e por escrito da Carochinha.

Impresso na China

EDITORES Diego Rodrigues e Naiara Raggiotti
PRODUÇÃO
EDITORIAL Karina Mota
ARTE Bruna Parra
REVISÃO Carochinha
MARKETING E VENDAS
PLANEJAMENTO Fernando Mello
ATENDIMENTO COMERCIAL E PEDAGÓGICO Eric Côco, Nara Raggiotti e Talita Lima

ADMINISTRATIVO
JURÍDICO Maria Laura Uliana
FINANCEIRO Amanda Gonçalves
RECEPÇÃO E ALMOXARIFADO Cristiane Tenca
RECURSOS HUMANOS Rose Maliani
EQUIPE DE APOIO
SUPORTE PEDAGÓGICO Cristiane Boneto, Nilce Carbone e Tamiris Carbone

PARA MAMÃE E PAPAI — K.L.

Dados Internacionais de Catalogação na Publicação (CIP) de acordo com ISBD

L777b	Litten, Kristina
	Blu e Berta / Kristina Litten ; traduzido por Fernando Nuno. — São Paulo : Carochinha, 2018.
	32 p. : il. ; 26,5 cm x 24 cm.
	Tradução de: Blu & Bertie
	ISBN: 978-85-9554-036-1
	1. Literatura infantil. I. Nuno, Fernando. II. Título.
	CDD 028.5
2018-479	CDU 82-93

Elaborado por Odilio Hilario Moreira Junior - CRB-8/9949

Índice para catálogo sistemático:
1. Literatura infantil 028.5
2. Literatura infantil 82-93

1ª edição, 2018
1ª reimpressão, 2021

carochinha

rua mirassol 189 vila clementino
04044-010 são paulo sp
11 3476 6616 • 11 3476 6636
www.carochinhaeditora.com.br
sac@carochinhaeditora.com.br

Siga a Carochinha nas redes sociais:
/carochinhaeditora

BLU e BERTA

KRISTYNA LITTEN

Tradução de Fernando Nuno

carochinha

TODOS OS DIAS, BERTA E AS GIRAFAS FAZIAM A **MESMA COISA** AO **MESMO TEMPO**. **CHOMP, CHOMP...** ELAS MASTIGAVAM AS SABOROSAS FOLHINHAS DO ALTO DAS ÁRVORES.

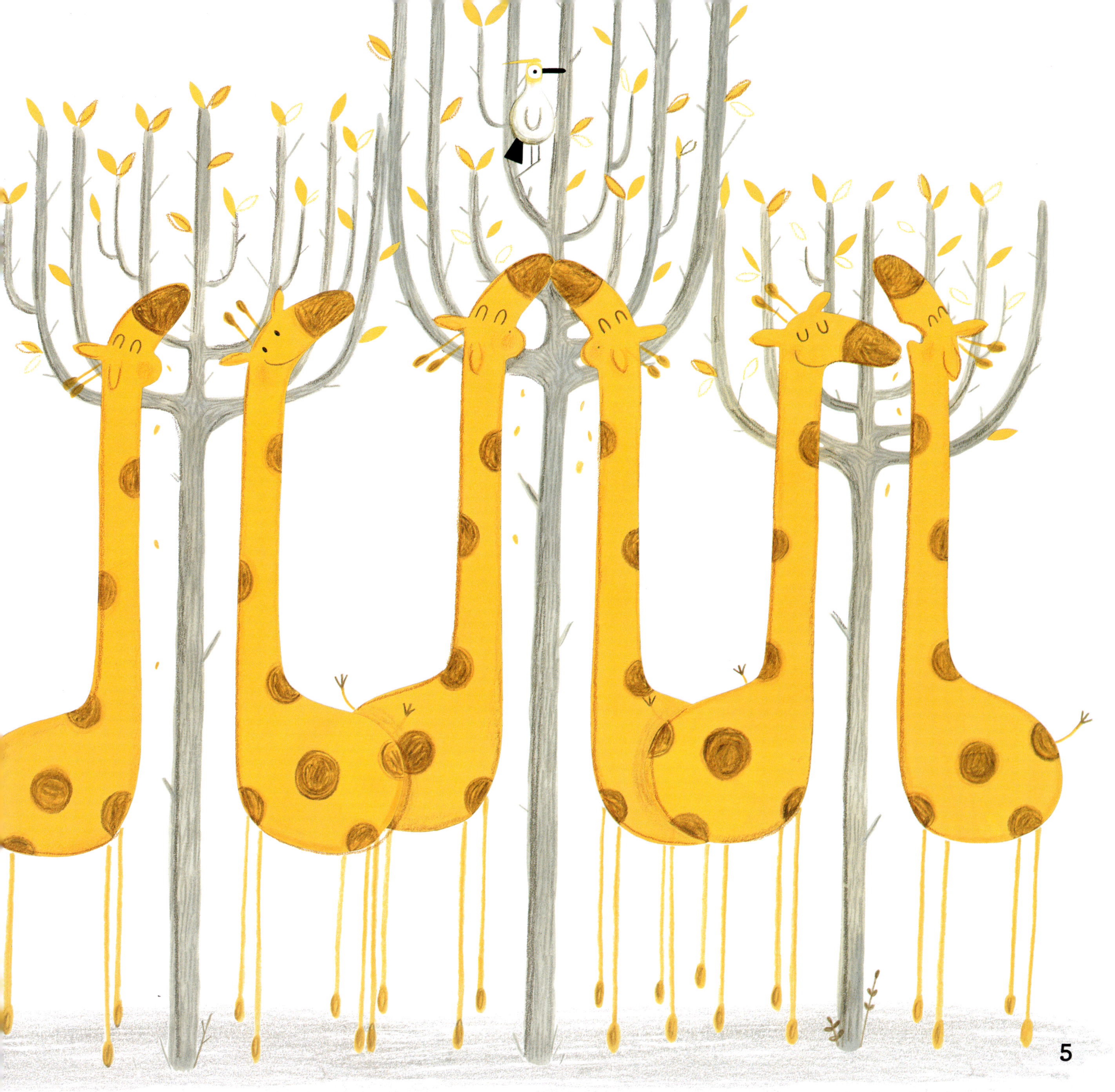

GLUB, GLUB — ELAS TOMAVAM UM BELO REFRESCO NA LAGOA.

QUANDO FICAVAM CANSADAS, ENROLAVAM AQUELE

PESCOÇO COMPRIDO, ADORMECIAM E FAZIAM

RONC, RONC.

TODO DIA era igualzinho ao dia de ontem, e era desse jeito QUE ELAS GOSTAVAM.

CHOMP, CHOMP,

GLUB, GLUB,

RONC, RONC.

ATÉ QUE, **UM DIA...**

BERTA DORMIU DEMAIS!

QUANDO ACORDOU, VIU QUE ESTAVA **SOZINHA.**

ELA NUNCA TINHA FICADO SOZINHA ANTES.

— E AGORA, O QUE É QUE EU FAÇO?

O QUE É QUE EU FAÇO? — PERGUNTAVA BERTA.

— VOU PARA A ESQUERDA?

OU VOU PARA A DIREITA?

— VOU PARA A FRENTE?

OU VOU PARA TRÁS?

BERTA ESTAVA PERDIDA.

ENTÃO, MUITAS E MUITAS LÁGRIMAS GORDAS
E SALGADAS COMEÇARAM A CAIR DE SEUS OLHOS.
COMO É QUE ELA IA VOLTAR PARA CASA?

DE REPENTE, BERTA ESCUTOU UM BARULHO.

— OOOOI?... OLÁ?... — DISSE. — QUEM ESTÁ AÍ?

— EU ESTOU VENDO VOCÊ! — DISSE BERTA, CORAJOSA. — E **NÃO** ESTOU COM MEDO.

— MAS ACHO QUE **EU** ESTOU COM UM POUQUINHO DE MEDO DE VOCÊ — DISSE ALGUÉM, SE APROXIMANDO BEM TIMIDAMENTE.

BERTA TEVE UMA SURPRESA
ERA UMA GIRAFA IGUAL A ELA, SÓ QUE AZUL!

— NÃO SEJA BOBA — DISSE BERTA. — NÃO PRECISA TER MEDO. EU SOU SÓ UMA GIRAFA PERDIDA.

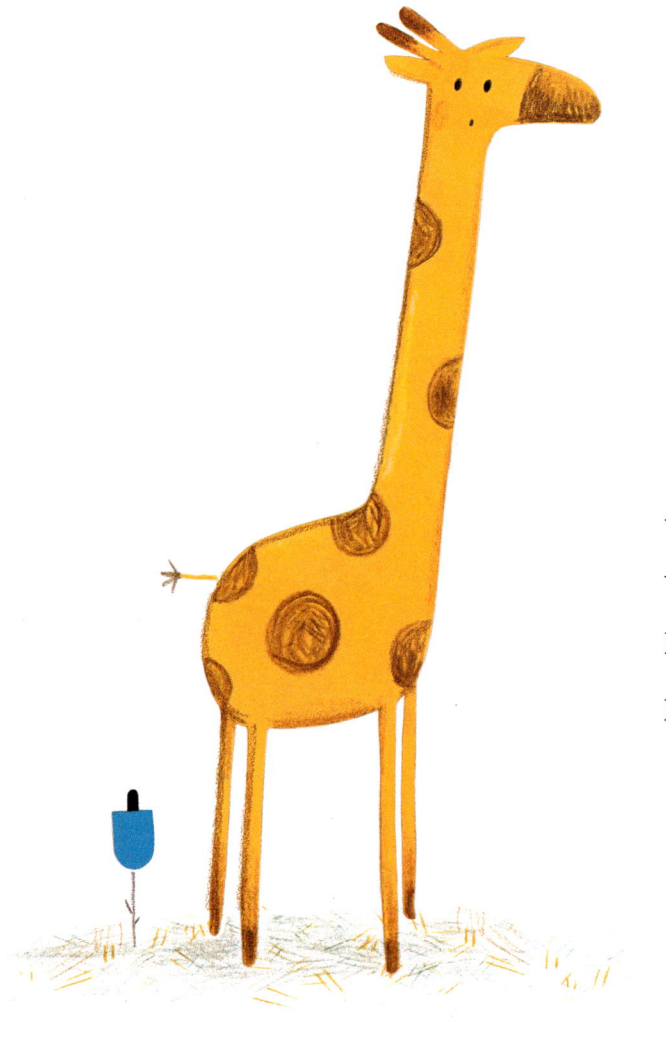

A GIRAFA AZUL DEU UM SORRISO.
— EU POSSO LHE ENSINAR O CAMINHO DE CASA, **AMIGA** — DISSE O NOVO AMIGO DE BERTA. — SE VOCÊ QUISER, CLARO.

16

E CLARO QUE BERTA QUERIA.

ENTÃO... **TROTE, TROTE, TROTE,** ELES FORAM JUNTOS.

— TUDO BEM COM VOCÊ, **AMIGA**? — PERGUNTOU BLU.

BLU ERA O NOME DELE.

— TUDO BEM — RESPONDEU BERTA. — É QUE EU NUNCA TINHA REPARADO NISSO TUDO.

TROTE, TROTE, TROTE,

ELES FORAM TROTANDO JUNTOS.

— UAU! — DISSE BERTA. — OLHE SÓ PARA ISSO TUDO!

— ESTAS SÃO AS FLORES MAIS RARAS DO MUNDO — DISSE BLU, SORRINDO.

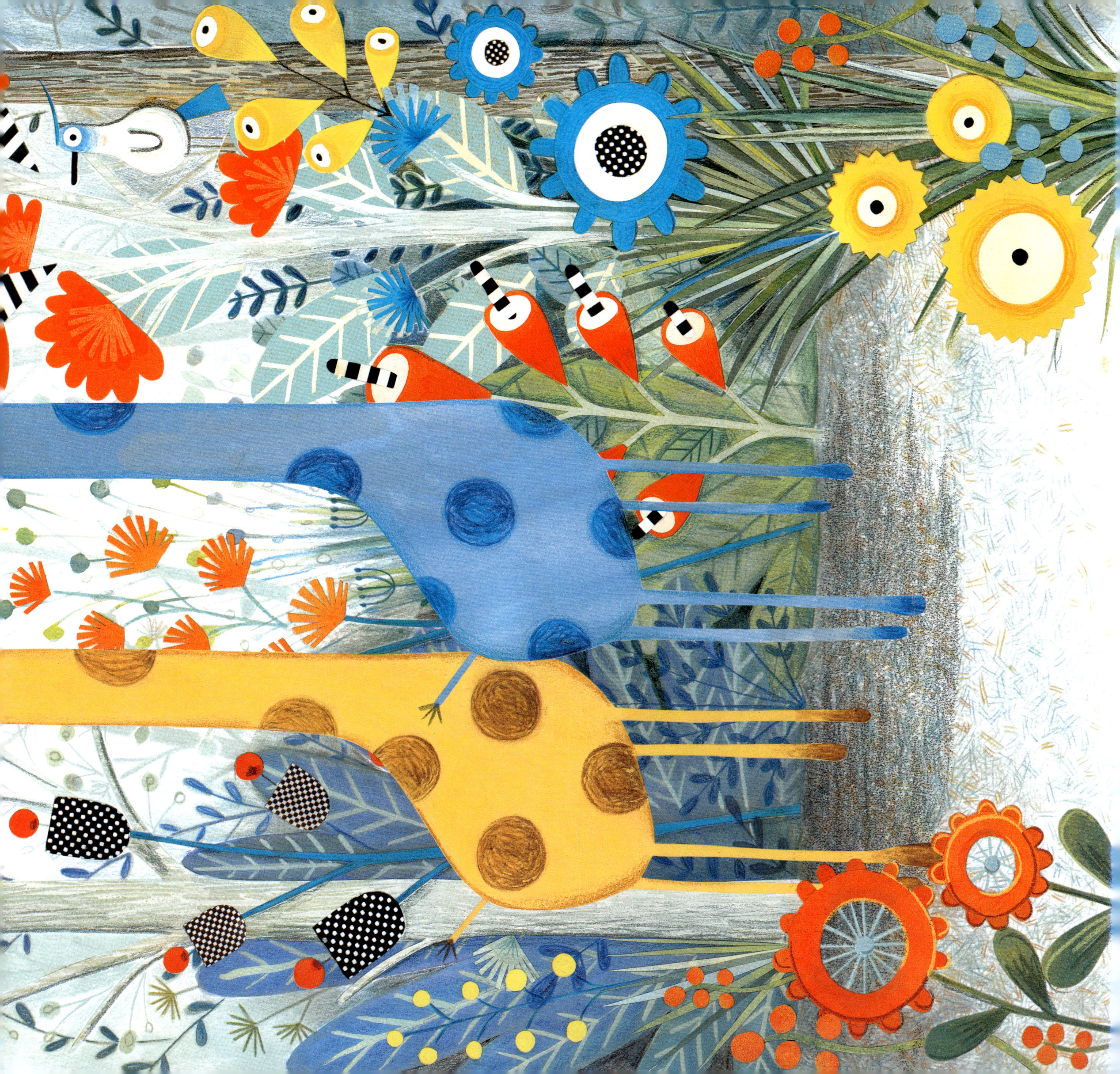

ENTÃO...

GALOPE, GALOPE, GALOPE — VIVA!

— ESTOU ME SENTINDO TÃO LIVRE! — GRITOU BERTA.

— VOCÊ É LIVRE, **AMIGA!** — DISSE BLU.

21

FOI UM DIA MARAVILHOSO.

— NUNCA ACHEI QUE EXISTISSEM TANTAS COISAS BONITAS PARA VER — DISSE BERTA, OFEGANTE. —

OBRIGADA, BLU!

— VAMOS PASSEAR JUNTOS DE NOVO AMANHÃ? — PERGUNTOU BLU.

— AH, NÃO POSSO... — DISSE BERTA. — EU TENHO QUE FAZER **CHOMP, CHOMP, GLUB, GLUB** E **RONC, RONC** COM AS OUTRAS GIRAFAS.

— QUE PENA... — DISSE BLU, TRISTE. — BEM, NESSE CASO...

— ... ELAS ESTÃO BEM ALI...

— É MESMO! — DISSE BERTA.
— EI! EI, TODO MUNDO!
SOU EU! EU VOLTEI!

— TCHAU, BERTA! — DESPEDIU-SE BLU, E SE VIROU PARA IR EMBORA.

— BLU, ESPERE! — CHAMOU BERTA. — VOCÊ NÃO VEM?...

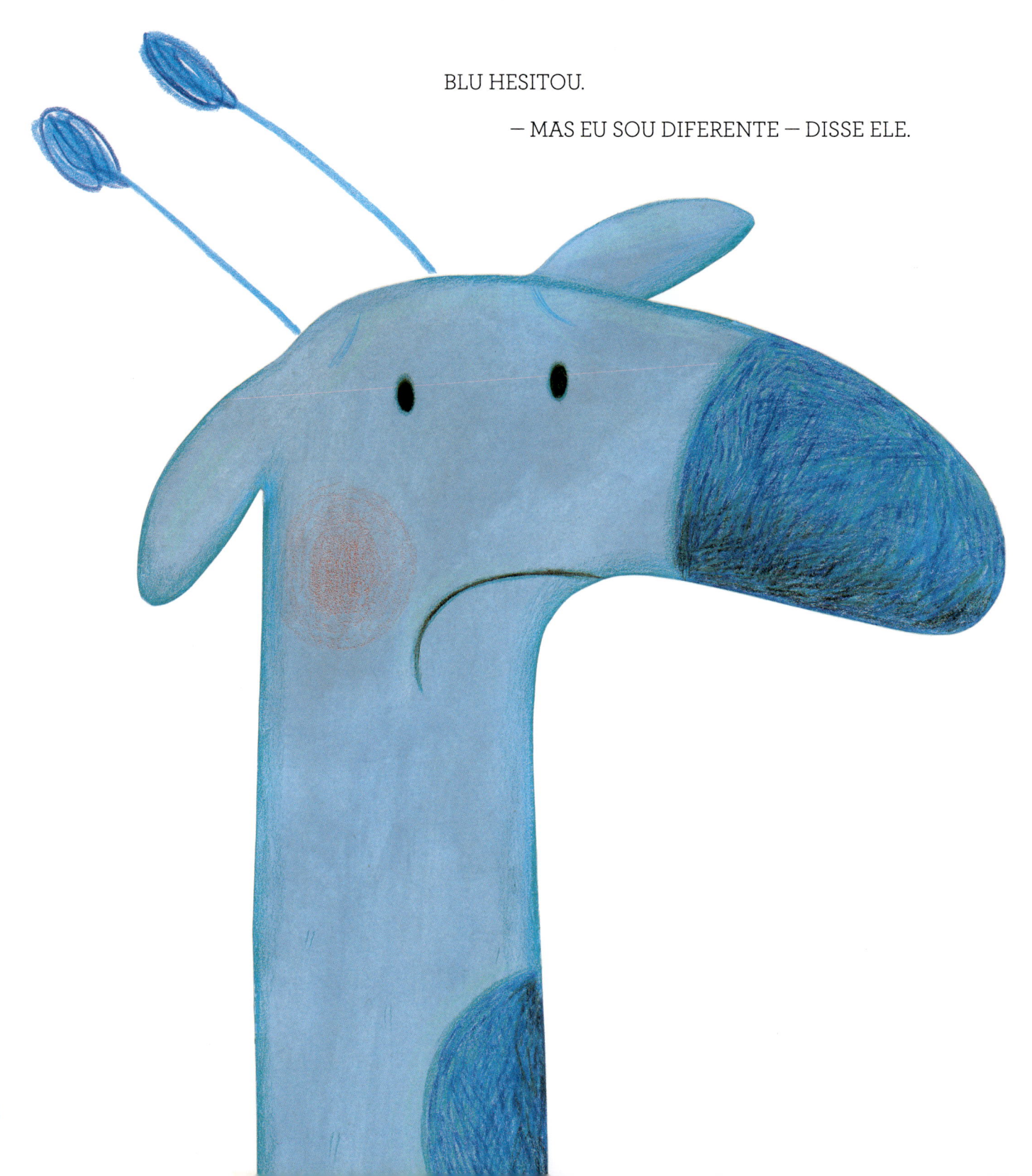

BLU HESITOU.

— MAS EU SOU DIFERENTE — DISSE ELE.

— CONFIE EM MIM, **AMIGO** — DISSE BERTA.

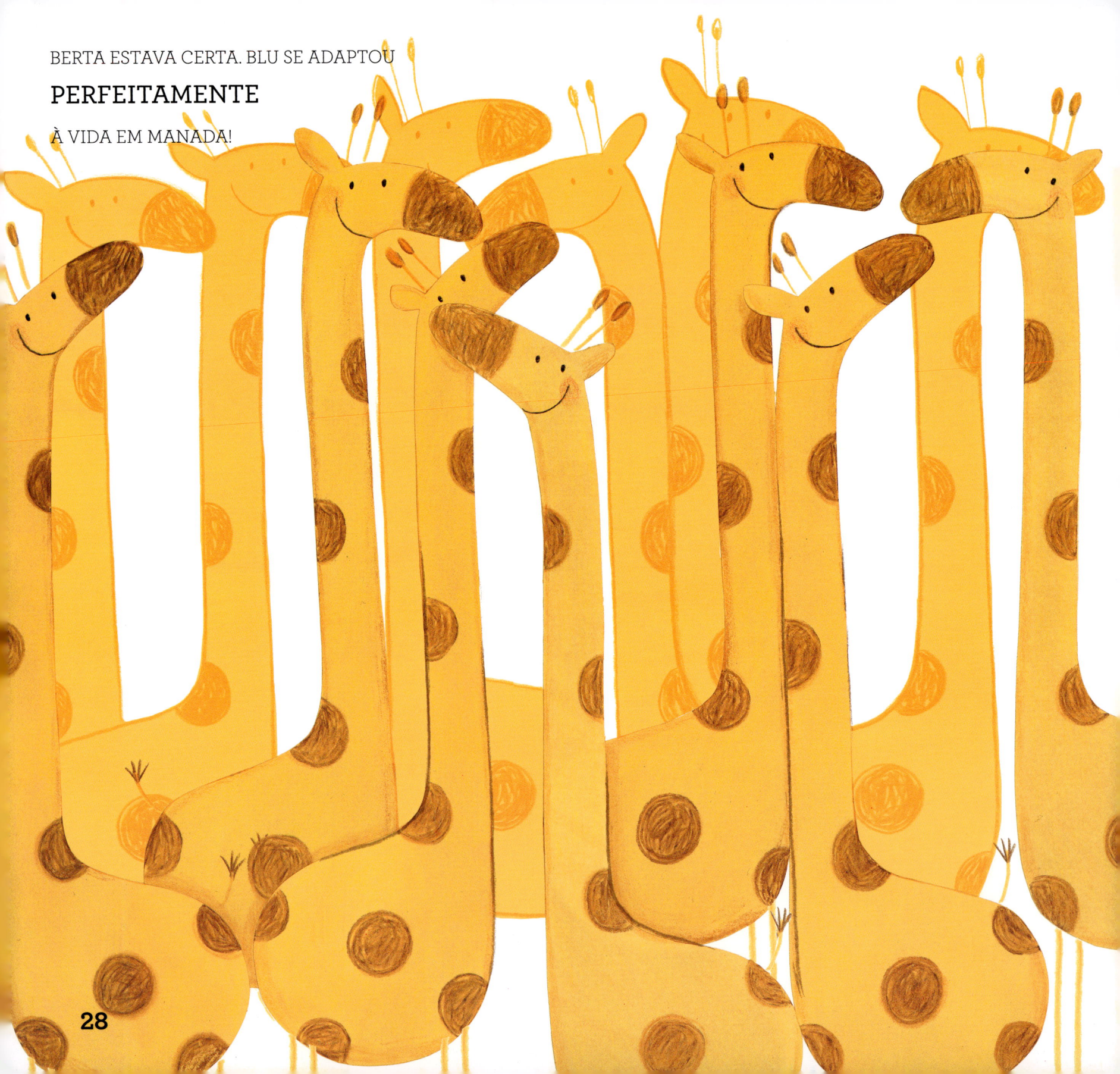

BERTA ESTAVA CERTA. BLU SE ADAPTOU **PERFEITAMENTE** À VIDA EM MANADA!

29

A PARTIR DESSE DIA,

AS GIRAFAS CONTINUARAM A FAZER

CHOMP, CHOMP, GLUB, GLUB E **RONC, RONC**

COMO SEMPRE. SÓ QUE TODO DIA TAMBÉM FAZIAM

ALGUMA OUTRA COISA DIFERENTE.

E ERA ASSIM QUE ELAS GOSTAVAM!

E O MELHOR DE TUDO:

BLU E BERTA SE TORNARAM **MELHORES AMIGOS.**